KB272460

청어詩人選 528

웃자란 후각

김보배 시집

도서출판
청어

웃자란 후각

김보배 시집

서시

볕 드는 쪽마루에서
어머니 무릎 베고
소리 들었지

돌담 두른 개나리 가지마다
조잘조잘
햇병아리 깨어나고
버들강아지 물올라
졸졸 시냇물 따라 피어오르고

뾰족뾰족 입술 내미는 나뭇가지
우습다고 까르르
안개 너머 메아리

온몸이 봄이었던
그때

2026년 3월

차례

서시

1부

14   오래된 향

16   병문안 갔던 날

17   나의 독수리

18   암중모색

20   못난 손

22   다시 한 발

24   문안

26   창가/쉼표

27   잘린 꼬리

28   차창 밖 짧은 풍경

30   푸른 시간

31   모란이 지고

32   내 가여운 눈

33   시인아

34   문밖에 봄

35   산수유꽃 피면

36   아카시아 꽃길 걸으며

38   쓰러지는 것들

40   지구의 한쪽

42   앙상한 편지

44   단팥빵

46   첫사랑

2부

48   새해 인사

50   내일 기억

52   빼빼로 데이(11월)

53   아카시아

54   삔 마음

55   빗소리

56   여문 기억

58   비 오는 저물녘에

60   비 와서 꽃 지나

61   봄소식

62   불편한 아침

64   봄날 아침에

65   그 골목길

66   깃털의 꿈

67   달동네

68   디지털 캠퍼스

70 바다 건져 올리기

72 봄볕

73 옛집의 모란

74 싹 피운 구근

76 봄을 기다리는 빛

77 사과 깎으며

3부

80 산수유

81 오솔길

82 겨울 담쟁이

84 개미가 연 길

86 참새

87 석류꽃

88 누에고치

89 숨 쉬는 껌

90 웃자란 후각

91 감나무 검은 가지

92 먼지에게

94 베란다에 겨울 파

96 추운 달

97 첫눈

98 냉기에 얼어붙은 유언

99 2월

100 봄날

101 홍제천 왜가리

102 김장 배추 절이며

104 에밀레종 앞에서

106 깻잎 씻으며

108 강물에 꽃잎 하나

4부

112 '론다'에서 만난 종소리

114 성산포 언덕에서

115 경주 남산에 가면

116 판틱의 밤

117 초승달

118 가을 편지

120 이집트를 떠나며

121 박물관 나들이

122 여행길에

124 남해 작은 섬

126 매미 허물

128 창밖에 눈 쌓이고(낭만시대)

130 혼례 굿

132 야자나무에 오른 그

134 히스꽃 이야기(아일랜드)

136 개나리 필 무렵

137 헐벗었을 때

138 몸이 봄에게

140 사막에 그은 줄

142 밤비

해설_김주명(시인)

143 기억의 문 뒤에서 찾아낸 이미지

1부

오래된 향
—어머니에게

바위 딛고 뻗어 오른 나무
솔잎 푸르러
겹쳐 보이는 한 사람 있습니다

계절 따라 마른 솔잎 떨구듯
몰래 훔친 눈물,
바닥에서 곰곰이 발효한
향기가 이러합니까?

비탈진 돌산 마른 틈
셀 수 없이 부대끼기 여러 날
허리 펴니 뾰족한 잎새들
인고의 강 헤쳐온 초록 보석
하늘은 가슴을 열고
미소 짓습니다

소나무 등걸 따라
에메랄드빛 길 열어
다시 오르는 날

나는 등 거친 나무 아래
당신이 내려놓은
마른 솔잎 세며

잊고 있었던 오랜 향에
눈 매워
하늘 바라봅니다

병문안 갔던 날

회칠한 얼굴들
빛 시린 병실 복도 떠다닌다

도리질하는 얼굴 턱 받치며
미음 한술 떠먹이며
겨우 비운 위로의 시간

우리 모두 지고 말 꽃
매운바람 찬 눈
개나리 필 날 시샘하여
한 뼘 앞세울 뿐

서러운 눈빛 등에 업고
건너는 한강
떨어지는 햇살
납빛으로 치받으며
몸부림치는 것은

내 마음의 비늘이
하염없이 내려와
저 강물을 때리기 때문이리라

나의 독수리

바람 소리에 잠 뒤척이는 밤에는
독수리 한 마리 실하게 키워
설원에 우뚝 선 알타이산맥
그 계곡 샅샅이 담아
골짜기에 내려놓게 하리라

눈은 쌓이고
그 골짝 굽이굽이 펼쳐보며
산바람이 눈밭을 훑으며
가닥가닥 굳은 강물
어루만지는 소리에 귀 기울이리라

어두움 나긋나긋 눈송이 따라
내려앉으며
언어의 명주실 풀리며 깊어질 때

독수리는 더 높이 솟아올라
먼 수평선에 움트는 빛
한 줄의 언어
실어 오게 하리라
큰 날개 퍼덕이며

암중모색

어스름에 날아오르는
꿩 울음소리

바위에 박힌
한때 별이었던 수정
태풍에 쓰러진 둥치에 기대어
반짝인다

숲에는 주소가 없어
도돌이표는 길 위에 깨어 있다

송화 향에 스며든
지난 삶의 무게
가슴에 그늘을 내린
미래의 지표

태풍에 길은 멈춰 있고
하늘은 꿩 울음에 열리고
풍화하는 시간
삭은 숲

도돌이표 앞에 선
한 사람

못난 손

보기보다 손이 못났다고
손부채 펼치며 해맑게 웃던 소녀
먼 기억의 손들

손등에 흐르는 강줄기
노을이 아침을 품고
그리움이 아픔을 밀며 달려온
시간의 궤적

매듭진 손가락 마디마디
문을 두드린 기록
문고리 잡아 흔들수록
거칠게 남는 흔적
오롯이 안아 얻은 이름

부채 펼쳐 달려오는 빛
가슴에 올린다
다시 문을 연다

끝나지 않은 삶의 여정
뜨겁게 달리는
푸른 길

못난 손 잡는다

다시 한 발

경주마의 가린 눈으로
오로지 앞으로 달린 시간

초침의 불규칙한 소리
신호등 깜박이는 길 간다

보통의 속도
일상의 소리는
지난 간이역에

가랑잎 흩어진 거리
가지 마른 이야기 넘실대고
박자 어긋난 노래 짚으며
길 간다

갓 구워나온
도자기빛
부시던 육신의 덫 건너
다시 새날

멀어져가는 젊은 날
발자국 되새기며
고개 들어
한 발 내딛는다

문안

모두 떠난 빈집 마당
목련 한 그루
하얗게 꽃 피웠다

해 저물어
불빛 없는 창문 앞
손 내밀어 등불 켜는
꽃 가지

그대 떠난 빈집
비에 젖은 날
바닥에 낭자한
통곡 껴안아
새잎 피우려는 노래

잘 지내시나요

꽃가지 창문 두드리거든
4월이 또 간다고
서러워 마셔요

어디서든
꽃마중 나가는 비의 노래는
슬프지 않아요

창가/쉼표

도르르
굴러내린
은빛 음표

빗방울 속 옛집 부풀어
큰물 져
콸콸 흙탕물이
쓸어가는 일 년 농사
넋 놓고 바라보던
동네 사람

학교 못 갈까
종종걸음칠 때 철벅거리며
끌려오던 지친 신발

창가 빗소리에
얼룩진 기억
마침내
생겨난
긴
쉼표

잘린 꼬리

길쭉한 가랑잎 하나 엎드린 꼴이다
내 발아래 작은 생명
해 밝은 아침에 자주 본다

꼬리가 몸의 반 치레
오늘은 그 반 어디 두고
몽땅해졌네

어둡고 축축한 골방에서 나와
해바라기하는 잽싼 몸의 파충류
햇빛을 나누게 되니
이제 친구할까

잘려 나간 꼬리
이미 아문 줄 알았던 그 자리
다른 손으로 그날을 쓰다듬는다

잊었던 날의 골짜기에서
새살 돋는 아침
도마뱀이 몰고 가네

차창 밖 짧은 풍경

고개 들며 솟구치는
초록빛
팔랑팔랑 손 흔들며
따라오는 들녘
온통 눈부신 함성
유월은 달린다

건너편
줄 긋는 논둑길
따라가다 놓쳤나
들통 하나
놓친 손 기다리나

달리는 들판
바쁜 숨 고르며
쉬어 가라고

아직은
덜 저물어
붉은빛 기억하라고
빨간 점 하나
꼭 찍어 두었네

푸른 시간

보이지 않는 비행 그리며
하늘바라기 하는
날개
날마다 까치발 선다

바람결에 가려진
흐느낌
얇게 빚어 걸어둔
처마 끝
낡은 기억 흩뿌린다

박수 소리 없는 귀향길
문 열면 쌓인 아침 빛살
얼룩진 얼굴 씻어
푸른 시간 찾아 날던
뜨거운 날개
하늘바라기 한다

모란이 지고

반짝이는 어둠 데리고
뒤척이는 바람을 개켜요

갇힌 빛 더 붉어
봄바람에 절은 가슴
속살도 부끄럽지 않아
온몸 드러내어 흠씬 젖은
춤사위

푸른 날의 건반 짚어가면
켜켜에 청보리밭
옷자락 휘날리며 따라가는
걸음 걸음

가늠할 수 없는 길
젖지 않는 숨소리
어둠 불러 길 떠나는
가슴 위로 달의 발자국
너풀거린다

내 가여운 눈

이제부터
많이 보려고 노력하지 않는다

눈물이 구름처럼
수정체에 맺혔다 떠나도
육신은 어디쯤에
흔적을 남기고 싶어 해

더 잘 보려고 애쓰지 말기
어차피 다 볼 수 없는 세상
한쪽은 명료의 그림자에 갇혔다

지금껏 보아왔던 많은 것을
쌓은 창고는
기억의 문 뒤에 있다는 것
잊지 말기

어둠에서 꺼낸 빛은
우물의 얼굴
들여다보아도
공간의 길이 멀어
내 흐린 왼눈의 내면이다

시인아

똑딱 배 타고 바다로 가는
한 사람 오직
새벽 별과 노을 구름
저으며 간다

묵은 마음 돛대에 묶어
흔들리는 몸
흔들리는 대로
노래 부른다

날아라
창공을 휘젓는 저 새들이
어둠을 입고 돌아가는 곳
저어라
돛을 춤추게 하는 바람의 길 따라

깜깜한 사막을 건너는 별
그중에 가장 작은
별 하나
그대 가슴에서
여린 새싹 틔우는 그날까지

문밖에 봄

'누부야! 꽃폈다'

달려오는 아이
동그랗게 커진 눈

등 뒤에 아지랑이

마른 가지 물올라
봉긋봉긋 봄앓이

그때 그 소리
저녁별에 올려놓고

그날들
한 아름 봄바람으로 묶어
꽃구름 타고 가보련다

산수유꽃 피면

얼었던 나뭇가지
봄빛 반가워 웃는 소리 여기저기
노란빛 맑게 피워 올리네

볕 좋은 옛집 툇마루
콩고물 묻힌 어머니 손이
작은 입에 넣어준 고소한 맛
기침으로 튀어나와
가루 꽃송이로 피었던
내 얼굴

맑은 시냇물 흘러
깊어진 강물 아래
반짝이는 그날의 웃음소리
풋풋한 햇빛 입고
가지마다 돋아나네

아카시아 꽃길 걸으며

바람 안은 작은 꽃
내 발걸음 앞서며
반짝이는 길
미소 머금은 얼굴 하나
그렁그렁 맺힌 향 딛고 온다

언제던가
할머니 손 잡고 걷던 길
야야 흰 쌀밥이 주렁주렁
탐스럽게도 달렸네
오랜 기억을 딛고 올라온
목소리

홀몸으로 아들 셋 장정으로 키우느라
하얀 꽃송이 뚝딱 고봉 쌀밥으로
둔갑시키고 싶었던 애달픈 삶
영화 같은 이야기에 웃기만 했던
어린 나

지금 내 나이에 세상
등 돌린 우리 할머니
시린 세월 건너간 아름다운
한 사람
아카시아 꽃길에서 만나
손잡고 걷는다

쓰러지는 것들

어릴 적 앞니 빠진 아이 귀여웠는데
거울에 비친 내가 이리 미운 것은
앞서가는 시간의 꼬리
꼭 붙잡지 못한 까닭일까요

가지런한 윗니는 아버지
삐뚤빼뚤 아랫니는 어머니
두 분의 사랑으로 이제껏
잘 버티고 온 길

하필이면
앞니가 똑 잘려 나가 생긴
입에 낯선 검은 동굴

아버지 생각도 잘려 나갈까 봐
지붕에 그 조각 올리지 않았습니다

아버지 뵈러 가는 날까지
이제는 쓰러지는 것들 고쳐 세우며
조심조심 건너야 할까 봅니다

새 앞니에는
그리움 한 조각도
끼워 넣었습니다

지구의 한쪽

어깨를 서로 걸친 모습은 따뜻하다
서로 껴안은 모습은 사랑이다
그런 줄 알았다

시멘트 블록이 깨어지고 있다
포크레인 바퀴 앞에서 철근들
서로 부둥켜안고 있다

설치미술 인양 펼쳐진 곳
펄펄 끓어 붉은 쇳물은
거친 숨 고르며 수십 년
검은 침묵으로 버텼다

시린 시간
골다공증 없어도 굽은 뼈는
뼈끼리 기대어
근간의 굳건함은 녹 쓸고 꺾여
다른 길 간다

그때
늙은 아버지의 모습
내게 오버랩되던 날

지구의 한쪽에서
달 표면이 식고 있었다

앙상한 편지

운현궁 담장에 해 기우는 오후
지팡이에 기대어 기어이 건진
가랑잎 한 장 바라보는
주름진 미소 따스하다

햇빛 바싹거리는 교정
색색의 단풍 고르던
뽀얀 손이 설레며 부쳤던
편지
시간의 틈새를 날아와
그 길에서 보았나

플라타너스 갈색 잎이
고향집에 이르면
문풍지 떨리는 겨울밤 건너는
젊은 날
안과 밖이 다르지 않던 세상
한 귀퉁이
새 창호에 올리는
색 고운 이파리

해거름 운현궁 앞길
앙상한 가랑잎에
한 줌 미소 올려
보내는 편지

단팥빵

매끄럽고 따끈한 찻잔
두 손으로 감쌀 때
멀리서 데워져 오는 공기

허름한 나무 탁자 위
한 됫박 짜리 양은 주전자
불룩하게 내민 배에
손가락 대다 앗 뜨거
하며 깔깔대던 소녀들

단 김 오르던
동그란 얼굴
달콤한 날들

고향 떠나던 날
식탁에 올려진 보리차
호호 김 불면
팥고물 부스러기
눈물인 듯 흩어져
뿌옇던 어머니 얼굴

미추왕릉 맞은편
창살무늬 나무 문 밀고
가슴에 김 쏘이던 날
기억에 데워져 온다

첫사랑

싸리꽃 지천으로 흐드러진 언덕
열일곱 눈 맑은 소녀

싸리 덤불 사이 내달리던 아이
기억의 저편에서
날 멈추게 하네

버들가지 낭창하게 입술 내밀어
시냇물 깨어나니
그때 마주했던
싱그러운 눈빛
싸리꽃 향에 실어 보내고
이제 어느 세상 오랜 언덕에서
미소 짓고 있으려나

묵은 책갈피에
고이 접어둔
싸리꽃
첫사랑

2부

새해 인사

365일의 첫 새벽
손 모은 태양
가쁜 숨소리 들리는가

북을 울려 소리쳐
닫힌 가슴 달구어라
미처 타지 못한 욕망의 연기
바람에 실어 보내
둥둥둥! 둥둥둥!
새날을 마중하자

아득한 옛날부터 새겨온
빙산의 첨탑
그 뾰족한 시간
은빛 날 곧추세워 다가오는
발소리 들리는가

구름 저어 눈비 내리듯
강물 밀어 시원에 이르듯
바람 일어 꽃잎 피워
시간의 푸른 부리

어둠을 도와
굳은 알 깨어
새 빛으로 돋을지니

눈비 맞은 세월은 벗어던지고
묵은 시름 멀리 흘려보내어
새해에는 두루두루
소망하는 꽃잎 피워 올리시길

둥둥둥! 둥둥둥!
북소리 울려 은빛 날개 펼친
새날을 맞으소서

내일 기억

반짝이며 어깨 부비던
나뭇잎
지금
바닥에 누워 기억할까
빛났던 여름날

어둠 딛고 날아올랐다가
삼나무 숲을 덮은 눈
그 아래 흐르는 강은
가을을 담은 채
흐른다

나무, 꽃, 다람쥐, 벌을 품은 채

먼 산
지난 겨울 미처 녹지 못한
눈꽃
봄 강물에 녹아
마침내 만나는 또 다른 세상

그 먼 여정
강물이 멈출 때
모래에 묻혀 사라지는
반짝이는
나뭇잎

빼빼로 데이_(11월)

무명천 하얗게 펄럭이는 마당에서
구름 한 조각
빛바랜 할머니 머리 위에 올랐다

미역단 같던 머릿결
거울 속에서 성글어 가고
어제는 잊었던 바람 만난
산사의 풍경소리
마른 햇살을 밀어낸다

손에는 막대과자 몇 개
빼빼로 데이라고
손자가 쥐여준 간식

색 바랜 무명천 개키는
손등에 이어지는 푸른 길 위
달콤한 시간을 비운다

아카시아

누가 향수 병 엎질렀나

꽃보다 먼저 달려오는 향
쿵쿵대는 날 내려다보며
뽀얗게 웃는 꽃

어디서 풋풋한 그날의 냄새
도르르 밀려오나

날 멈춰 서게 했던 그 나무
호르르 꽃잎 내리는 산자락 길

마른 껍질 벗은 그 미소
어디에서 쉬고 있을까

뽀얗게 웃으며 멀어져 가는
얼굴 그렁그렁
눈에 맺힌다

삔 마음

지하철역에서 집으로 가는 길
발걸음에 마음 준 적 없어도
미끄러지듯 목적지에 이른다

수십 년 친구도 나이 드니 변하나
앞으로는 띄엄띄엄 봐야 하나?

아, 발이 미끄러질 뻔했네
눈 녹은 길바닥에 눈 흘긴다
마음이 삐쳤다고 몸이 뒤쫓아 온다
흐려진 눈의 나이를 마음에 가져와
먼 산 보며 살아가야지

1월의 언 하늘 한 자락
가슴에 끌어와 덥힌다

빗소리

귀에 익은 소리
밤늦도록
창밖에 서성인다

밤새 쓰고 또 지우던 편지
파도 소리에 젖어
먼 항해에서 돌아온 목소리
바닷새의 눈빛에 잠겼다

머물 수 없는 구름 밀어
동그란 아픔
유리창에 방울 음표 그린다

멀어져 가는 밤
젖은 실개천에
실로폰 두드리는 소리

여문 기억

돌 하나 선반 위에 올리면
늘어나는 기억의 창고 하나

강원도 골짜기 어름 계곡
모란 피던 날 남해의 산사
먼 나라 여행길 배낭에 묻어온
작은 돌

몇십 억 년 전 별이었던 존재
지금은 영겁을 품고
뭉쳐진 시간이 되어
내 손 안에 숨 쉰다

뜨거운 용암의 조각
푸른 바다에 잠겼던
기나긴
회백색의 이야기
이제
내 일상의 방패

빛바랜 사념이 사방에서
스며들 때
다시 여문 기억을
선반에 올린다

비 오는 저물녘에

직선으로 떨어지는 소리
젖은 아파트 공터를 메운다

납작한 지붕 위
비둘기 홀로
비 맞으며 얼룩 묻힌 시간을
지운다

손 내밀어 빗물 받는 아이
바닥에 고인 물 철벅이며 춤추던 아이도
보이지 않는다

날개 밑 솜털처럼 올라오는 회한으로
가려워진 마음
빗소리에 올려
애써 닦는다

저 새는 사월의 꽃비 맞으며
어디로 가나

날은 저무는데 빗소리 사위어 가고
빈 뜰만 솟아오르는 저물녘

아직 못 지운 얼룩 하나
비둘기 등에 업혀
서쪽 하늘로 날아간다

비 와서 꽃 지나

새들 날갯짓 분주하다

비속에 꽃송이 떨어지는 게 대수냐
울음으로 뭉친 그 빛
빗길 건너는 가슴에 번져
붉게 타오르니

어쩌나
새들도 비운 자리
밤새 꽃은 지고
젖지 않은 숨소리
빗속에 번져온다

봄소식

61

살얼음 낀 강기슭
창백한 노랫소리 들린다

거친 파도 너머 눈 내리는
낯선 거리
별빛도 아득한 회색 장막
웅크린 두려움 다독인다

먼 데서 자박자박 젖은
발자국 소리
장막 거둔 강물의 노래
버들강아지 쫑긋 귀 기울인다

불편한 아침

앞산 푸른 숲이 성큼
창문에 들이찬 것은
간밤
비님이 남긴 숨
차마 거두지 못해
머뭇거리는 까닭이지요

밤 지나
눈뜨면
거울 속에 성큼 들어온
바위 같은 얼굴이 낯설어
달아나는 나를 쫓아요

어제가 잊은 그 전날을 일으켜
몰고 온 그늘
살아서 저물어 가는
시간을 안고
길을 잃어버렸어요

그래도
내가 아닌 나를 자주
들여다보게 되는 일은
거울 속에
펄펄 살아있는
아침이 있는 까닭이지요

봄날 아침에

목련 나무가 벗어놓은
하얀 이파리
어제 있던 자리 지나
아침햇살 아롱지는
나뭇가지 바라보네

꽃으로 머물렀던 날들
하얗게 벗어버리고
싸리 빗자루 자국 멈춘
담장 아래 기대어

아직은 꽃잎이려니
기우는 마음

청보리밭 가지런히
빗질하는 햇살에
마음 가다듬는 아침

작은 새 한 마리
꽃가지 흔들어
봄빛 날린다

그 골목길

가난한 숨소리
다 떠난 빈 담장 아래
가늘게 흔들린다

바람의 몸짓에 살랑대는
보슬보슬 풀꽃

비 온 밤 지나
어둠은 빛나는 아픔이라는
반짝이는 낱말
설레설레 고개 젓는
이슬 봉오리

까치발 들고
귀 가져다 대어 봐도
담장 안 적막의 온도 대답 없고
숨죽인 골목길
점령한 강아지풀
햇살 이고
퍼레이드 펼친 길

깃털의 꿈

청회색 빛 깃털 하나
공원길 돌계단에 등 대고
지나는 바람의 손 잡는다

창공의 바닷길
바람 따라 노 저으며
묵은 깃털 덜어내어
하루하루 작아지는 새

빙하의 계곡 건너
산허리 돌아 나올 때
바람에게 업힌 날개
가슴에 새기는 날

깃털 반짝이는
기억의 솜털은
빗속에서도 젖지 않아

하늘길 바라보며
다시 날아오를 꿈
솜털에 새긴다

달동네

강아지풀 수북한 골목길
고양이 혼자 운동화 한 짝 낀 채
볼 부비고 있는
대문에 X자 페인트
털 고운 생명의 등을 밀고 있다

큰길에서 집으로 올라오는 길
블록 담당 위에 올려진 맨드라미 채송화
눈빛 고운 이웃들 마주하던 골목길은
이제 지도에도 없어진 달동네

그 자리에 들어선 키다리 건물들
번쩍이는 눈 뜨고
하늘은 사각으로 썰렸다

밤늦어 가로등 눈 맞으며 하얗게 졸 때
하늘 아래 소박한 지붕들의 이야기는
내 마음의 풍경화

달동네가 사라진 달동네에서
익숙한 한 짝에 애착하는
고양이를 본다

디지털 캔퍼스

살금살금
꼬리에 어둠 달고 공원에
산책 나온 고양이

가랑잎 수북한 나무 밑
하품 밀어 코 박더니
이파리 한 장 물고 퉤퉤

제시간 만난 가로등
갖은 색 있는 대로 쏟으니
빛 그림 펼치는 나뭇가지

싸락눈 보슬보슬 내리는 캔버스
하얀 바탕에 꼭 꼭
까만 발자국
동글동글 파란 눈동자
눈 속에 반짝이는 이야기

몸서리치며 털어도
고양이 등에 내리는
적막은 쌓여
눈 속에 갇힌
캔버스 밝힌다

바다 건져 올리기

쏘는 햇빛이 내 눈을 가려
암흑 속에서
바다를 건져 올린다

하얀 모래톱 사이
단단한 생물이 헤엄치는
깊고 푸른 세상이 들려주는
노래

그때 네게로 가서
붉은 산호 숲속 작은 오두막
밀려오는 파도 소리 자장가 삼아
못난 조개 하나 보듬었으면
아직도 내 가슴 한쪽에
고운 진주 반짝이며
숨 쉬고 있겠지

옛날부터 긴 숨으로 입맞춤한
보드라운 속살
장밋빛 이야기 무르익어
더 푸르른 파도 소리

눈 감고 바다를 건져 올린다

봄볕

젖꼭지 부푼 잔가지 사이로 멧새들
포르르 잦은 날갯짓 치며
햇빛 싸라기 뿌린다

모든 지붕과 벽들이 어깨를 웅크리며
서로 껴안을 때
시린 어둠은 등불을 할퀴고 떠나갔다

책장을 넘기면 눈 덮인 왕국 다음
꽃 화원이 짠! 하고 나오듯
마법의 시간이 풀리는 우리의 동화는
마침내 눈의 계곡을 떠나 달려오니
뾰족한 빛들이 사방에서 솟아오르는
소리 어지럽다

나뭇가지 사이
구구구 구구구
나무색 산비둘기
구부린 목소리 끌어 올리며
봄볕 뿌린다

옛집의 모란

그 모습 그대로
봄빛이 들려준 겹겹치마
펼치던 몸짓 눈부셔라

수십 년 산과 바다 건너
주름진 발이 고향길 돌다
문득
첫사랑의 천둥 지나
더 높이 올라간 송곳 같은
음색 입고 내려온 빛
4월의 햇빛으로 너를 가린다

오래 떠나온 자리에서
절정의 숨결을 달려와
눈부신 기억 펼쳐주는
옛집의 모란

친정어머니와 그 집 앞 지나다
옛 모양 그대로 너풀너풀 피어
더욱 넉넉해진 너
오랜만에 너 닮은 웃음 지어보네

싹 피운 구근

흰색 여린 싹이 주먹만 한 구근 위로
톱니처럼 올랐다
어두운 박스 구석에
남겨진 고구마 한 개의 주소

입 넓은 유리병 바닥에 물을 깔고
오래된 기억을 되살려 가며
들여다보길 여러 날

하나의 생명이 내게 와
이처럼 환하게 웃으며
건너는 마음 껴안는다

들판에서 줄기 질기게 끌며
살아온 날들 지나
어둠 건너 다시
새싹 퍼 올린 새 생명

어두운 길목에 엎딘 구근
숨결 불어 피워 올리니
따뜻한 시선 따라
오르는 초록 줄기
들판을 달린다

봄을 기다리는 빛

봄바람에 내미는 손
뾰족한 자줏빛

겨우내 묻어둔 깊은
기다림 딛고 먼 길 밟아
빚은 색

유년의 시간은 피어오르지 못한
불씨 껴안은 가슴
속살 덮여 기어이
불꽃으로 만나는 새날

뿌리 단단한 시간의 켜
움켜잡은 색 깊어져

봄으로 가는 길
담금질로 뚫고 나온
대지의 숨결
자줏빛

사과 깎으며

갓난아기 주먹만 한
초록빛 덜 익은 풋사과
침이 입속을 마구 휘저으며
푸짐했던 때 있었지

빨간 햇사과 껍질 벗기니
신맛 덮은 달콤한 향이
시고 비릿했던 어린 날들
초록빛 입고
침샘 밀며 달려온다

덜 익어서 풋풋한 시간
켜켜이 쌓여
초록색이 껴안은 햇살
파란 하늘에 펼친다

3부

산수유

풀잎 이슬 초롱초롱
소풍 가는 길

조르르 별빛 꿰어
하늘 한 자락 잡으면

빛 오르는 기억들
반짝반짝 헹구어
봄볕에 널어 보고

다투어 순 돋는 생각의 이파리들
조물조물
나뭇가지에 올려 보아도

채울 수 없는 아쉬움
목에 차올라

노란 향기
산수유꽃 아득한 길

오솔길

이 가을엔
내 마음 뒤안에
작은 오솔길 하나 내련다

그 길에 마른 솔잎 카펫 펼쳐
노랗게 빨갛게
우수수 머리 위로
별빛 쏟아지는 길

쑥부쟁이 들국화 조잘대며
깃발 흔드는
퍼레이드 속으로 달려가련다!

바람이 잎새들 헤치고 나오는
마른 소리와 악수하며
물장구치던 날 길어 올린다

바스락 바스락
사리 나뭇가지 볼 부비는
황금빛 이야기 들리는 길

겨울 담쟁이

길 없는 길 찾아
손끝 꼭꼭 누르며 이어간
그물코 편지

홀딱 벗은 낯선 이름
변명도 없이
역사박물관 옆구리를
타고 오른다

아직 보낼 수 없어
서쪽 벽에 매달린
투박한 마음 언저리는
매듭으로 묶었다

기러기 날아가고
드문드문 별 내려온 밤

박물관 지나던 바람이
실눈 뜨고
나직이 불러주던

이름 하나 떠올린다

개미가 연 길

펼친 책갈피
글자 옆 행간으로
자국 없는 언어
펼치는 개미 한 마리

온몸이 바쁜 생물
나른한 기억 어느 한 켜
부산한 개미 위로 볼록렌즈로 모아진 햇살
제 몸 태우며 멈추지 않는 행진 뜨겁다

타는 가슴으로 시를 쓰던
시인은
바다로 떠났고 휑한 길만 남아
가끔 우리에게 손짓한다

개미는 보이지 않는 자국
남기며
세상을 움직인다

움직이는 길 아래로
툭
세상 하나가 떨어졌다
낯선 언어가 길을 낸다

참새

날갯짓보다 빠른 박자
소리의 음계를 오르내리며
애쓰던 발걸음 딛던 날

먼 기억의
가장자리

햇살이 붉은 지붕에 앉기도 전
소리는 저마다 다른 빛깔
작은 심장으로 달려

한 박자가 만드는 동그라미 속
박동의 시간
읽을 수 없는 몸짓
몸 안에 가둘 수 없어
질금질금 배설한다

연둣빛 잔디에 악보를 펼치는
날갯짓
밝게 흩어지는 아침
햇빛 사이 시간의 날개를 퍼덕인다
멀리 날아간 날을 업은 채

석류꽃

어찌 저리도 붉은가요
눈이 부시어 멀어진다 해도
탓하지 않을래요

긴 날 뜨거운 빛
온몸으로 맞선
결기

때 없이 달려오는
천둥과 번개는 켜켜이 쌓여
여린 속 감싸안은
단단한 슬픔
빨갛게 퍼 올려
우물 옆에 자리한
목마른 나무여

장대 같은 빗속에서
긴 숨 내쉬며 뚝 떨군
눈물 한 송이
그 빛 뜨거워
가슴을 데었습니다

누에고치

밤새도록
물러나지는 않는 어둠에
흥건히 젖어
꼬물꼬물 시간을 감는다

걷어 낸 장막도
밀어낼 문도 없는
단단한 방

촘촘한 빛으로 살 오른
초록 잎새의 변신
긴 숨 뱉으며 가는 길
동그랗다

이승에서 웅크린 시간
풋풋한 명주실 잦을 때
슬며시 깨어나
비단 자락에 지난 시름
펼친다

숨 쉬는 껌

입안에 도는 말
껌 씹는다

바다 너머 사막
모래바람 떠도는
행성에 침 바르며
잘근잘근 씹는다

여름 산사山寺
그 위에 뜬 흰 구름
한입 달게 씹으며

졸고 있는 해변
모래톱 간질이는 바람 잡아
한바탕 춤사위 펼친다

낙산 목탁 소리 장단 타고
돌아오는 단물 빠진 일상
야금야금 차오를 때

탁 뱉으니
비로소 숨 쉬는 껌

웃자란 후각

뜨겁게 일구었던 여름
긴 숨 몰아쉴 때

가지치기에 물러난 곁가지들
초록 잎새 입에 문
멀쩡한 나무 얼기설기
손수레에 누웠다

마른 햇빛
어리둥절한 거리
훅 날아온 비릿한 내음

바닥에 잠겼던 후각
지나던 바람이 한 가닥 집어 올렸다

무성했던 초록의 날 아쉬워
엄마 품 파고드는 작은 짐승
싱그러운 비린내에
코 박는다

더위에 웃자란 후각의 곁가지

감나무 검은 가지

뜰에 감나무 뻗은 가지 검다
감꽃 피웠던 늙은 나무
밤 지난 마당에 별천지 펼쳤네

나의 친구 검은 고양이
감나무 타고 올라
감꽃빛 눈동자 동그랗게 반짝이며
어린 날 데리고 장난치던 때
검은 가지 내려주던 나무

바닥의 작은 별
조르르 실 꿰어 목에 두르면
가슴은 온통 작은 별세상
바람은 알까 별나라 이야기

기억의 먼 자락 하나 떠내려와
밤새 떨구었던 그 별들 아직
가슴에 남아
어린 날 떠나온 옛집의 감나무
검은 가지 손짓한다

먼지에게

유리창 가을 해가 비칠 때
한순간 반짝이며
명멸하는 먼지

창틀에 누워
침전된 시간

그 시간들을
벗겨 내며

내 안에 웅크려 앉은
너를 생각한다

거친 세월 건너오다가
얼룩으로 남은 너

산다는 것은 너와 함께
가는 것

모든 세월의 켜가
반짝이는 별이라는 것을
돌이켜 보며
한 발자국 걸음 뗄 때

너의 뒷모습을 잊지 않으마

베란다에 겨울 파

우리 집에 숨탄것 하나 들어왔다
초록 줄기 몇 대
냉장고에 가두려다
베란다 빈 화분에 올렸더니
짧은 뿌리 딛고 배에 힘준
몸 곧다

겨울빛 뭉친 진초록
이 정도 추위쯤이야 하듯
풋풋한 내음 맵싸하다

내 다친 발에 파 뿌리 올려
며칠 묻어두면 푸르른 그늘 내려
상처 밀어내려나

창밖에 눈 내리고
깊은 초록 잎 퍼 올리는
하얀 눈

허리에 찬 향신채
풋풋한 맵시 뽐내며
창문 두드린다

추운 달

비 그쳤나 쳐다보니
흰 구름 한 타래

산책 따라 마당에 들어온
달빛
팔 뻗으니 손끝에 닿는
숨결

구름 달 가리는데
손끝에 스민 달
가슴에 남아
밤새 내 마음 밝힌다

첫눈

하늘 한번 쳐다보라는,

흐르는 강 위를 가끔 솟구치는
빛 있어
반짝이며 날 끌어당긴다

첫눈 오는 날
내게 들리는 음성
강물 솟구쳐 오르는 빛
가슴에 넘쳐나
설렘 담을 데가 없네

첫눈은
첫사랑의 허리 즈음에서 겹친다

냉기에 얼어붙은 유언
—복지관에서 유언 영상 봉사하던 날

굽은 허리 할미꽃 닮았다
허둥대는 손 가슴 언저리에 멈췄다

하고픈 말 하는 데라 카던데…

김치 가져간다더니
첫째야 어찌 이리 안 오나
둘째는 어쩌자고
이혼이란 말이냐
아이들은 어떡하라고

빗속에 밤새운 늙은 나무
기억의 무게에 눌린 낙엽
흥건히 젖었다

깜박이는 카메라의 눈
안개에 가려 골짜기 헤멘다

타는 가슴
냉기에 얼어
유언이 되던 날

2월

살얼음이 강물에 내어준
시간만큼 녹고 있는
생각의 뒤안

시린 날 견딘 벗은 가지
해묵은 그물 펼쳐
새들의 지저귐
촘촘히 걸러 담는 일도

바람의 깃에 묻은 온기
언 발 쓰다듬어
잃은 것도 없이
몸살 앓는 것도

겨울의 그물을 벗기는
2월의
겸허한 의식이다

봄날

온기 묻힌 숨결
언 발 쓰다듬는다

멀어서 닿지 않은
파도 소리
고요한 이마에
닻 내리어

꼿꼿이 참았던
긴 시름
보슬보슬 산수유
노란 한숨 토한다

햇빛 업은 냇물
살얼음 낀 발등

봄볕에 몸 뒤척이며
몸살 앓는다

홍제천 왜가리

하늘 한 자락 끌어내린 자리
가냘픈 결의 곧게 뽑아내렸다
해지면 길어지는 다리
물 무지개 그리는 목 긴 새야

새 깃털이 돋아나는 날
익숙한 비상의 날은
앞산 아카시아 꽃바람에
실어 보냈느냐

눈부신 깃털에 새긴 염원
흔들리는 거울에 비춰보며
날마다 겹치는 회한
부서지는 햇빛에 비추며
밀어 보내는 나날

몰려드는 물 무지개에 흔들리며
흔들리지 않는 염원
긴 부리 들어올려
길 없는 하늘 그린다

김장 배추 절이며

기척 없는 고요에
허리 펴 내다보니
눈송이 휘젓는
날카로운 외등

김장 배추 몸 낮추며
속삭이는 소리

눈 수북한
도회지의 골목길
눈송이 헤치며 군중 사이
헤엄쳐 나간
많은 날 건너
다가오는 익숙한 소리
내 안에서 익는 시간

절여지는 마음
고이 안고 가야지

붉은 단풍나무 이파리에
눈꽃 모자 눈부신 아침
눈송이
햇빛에 낮아진다

에밀레종 앞에서

초록 이파리 틈새
햇빛 밀며 숨 고르는 바람
들판에 스미어
강물에 젖은 노을 따라간다

나는 눈감고 두 손 모은 에밀레
천년의 비천상
구름 한 타래 무릎 아래 거느린
유영하는 암녹색 전설

달과 별 구름이 하염없이
흐르는 강
밤 지나 아침 다시 밤

별빛 끌며 간다
얇게 흐느적거리는 나의 지느러미
꿈틀대며 오른다
춤사위 그린다

오래된 첨탑 위 지날 때
멀리 종소리
눈 붉은 노을 속으로 진다

강물 깨어 흐르는 소리 들린다

깻잎 씻으며

몸짓보다 먼저 온
알싸한 냄새

살짝 김 쐬어
한 잎 두 잎
지난 세월 저민다

흉내 낼 수 없는 향 지고
혀를 점령한 회오리바람은
지난밤
별빛이 보낸 눈길

너풀거리던 젊은 날
세상살이에 숨죽어
줄어드는 몸

햇빛과 천둥
어둠으로 싸 안은 외로움
닿을 수 없어
외침이 빚은 노래

초가집 아궁이
매콤한 냄새 사이
끼어드는 향
씻어 보낸다

강물에 꽃잎 하나

강물에 복숭아 꽃잎 떠내려갈 때
내 마음
어디쯤 멈출지 몰랐다

이제 돌아와 바라보는 그 강물
아직 반짝이며 제 길 가는데
그대 떠난 하늘 멀다

한철
온몸 소리로 불태우던
매미가 남긴 허물은
방전된 4각의 검은 눈
정갈하게 엎디어
침묵의 말
내게 안긴다

눈 감아도 멈출 수 없던
허기
어디에 내려놓았을까

흐르는 강물에 꽃잎 하나
묵묵히 흘러간다

4부

'론다'*에서 만난 종소리

계곡을 이은 발꿈치 찾아 내려갔다

머리 젖혀 올려다보니
깊은 슬픔과 손잡은 난간
다져온 고요의 시간

누에보 다리 오르며 내 안의
어린아이 쓰다듬으니
무릎 꿇은 초록 물결 틈틈에
얼굴 붉힌 바위의
거친 숨결

서둘러 당긴 렌즈의 줌
애틋한 헤밍웨이의 주인공
골짜기 너머로 숨는다

불러들인 이름 가슴 벅차
마주한 투우사의 집 담장에 빠진
노란 오렌지 주스

또닥또닥 타자기 소리
협곡 따라 쫓아온다
연인들의 숨소리 몰아가며
달리는 문장
구름을 휘감는다

종소리 안개를 흩뿌리는
론다에서
가슴 뛰는 그날을 만났다

*'론다': 스페인 안달루시아 지방, 투우의 발상지, 헤밍웨이가 사
랑한 지방

성산포 언덕에서

파도의 끝자락 적신 구름 하얗게
날아올랐다
졸음 깨우는 불빛 건너 달려온 바람
갈대밭 속살 흔들고 달아나면
뒤쫓던 모래톱
마른 무늬 위에 널브러져 있네

바다에 드리웠던 생각들 서로 엉키어
하늘빛 불빛 안은 갈대 마냥
저리 안달이 날까

바람맞은 시간
뒷모습 지나
가시 박힌 감정의 티끌마저
성산포 휘젓는 바람 앞에
탈탈 털어 보내고 나면

항해에서 돌아오는 바다는
보채는 파도 다독이며
노을 끝까지 나를 끌어안는다

경주 남산에 가면

햇살 솔향 빚어
두런거리는 아침
빗살무늬 융단 길
솔바람 눈썹 간질이는 길 갑니다

둥근 등 아침서리 반짝이는 삼릉 지나
천년 세월 닿을 수 없는 갈증 데리고
발길 서두릅니다

숨차게 오른 골짜기 내려다보니
꿈틀거리며 달려온 서라벌 벌판
처용가 한 자락 들리는 듯합니다

빛은 켜켜이 쌓이고
옹벽 바위 천년을
곰삭아 굽이굽이 묵은 향
남산을 휘감아 흐드러지는데

님은 옛 미소 거두지 아니하니
억겁의 인연에 눈부시어
나그네는 그 자리 오래
돌의 미소로 남았습니다

판틱*의 밤

바람이 생각을 벤다
베인 생각이
달을 밀어
파도에 올린다

달빛으로 채 썰려
그늘로 떨어진 야자수 이파리

도마뱀이
밤의 가장자리를 물고
해안으로 끌고 올 때

베인 생각 한 조각
달
가린다

*판틱: 베트남의 해안 지명으로 '무이네' 지역 부근

초승달

초저녁 뜰

문득 다가선
젖은 눈 하나

명주실 풀어
기억의 노 저어간다

가늠할 수 없는 거리
눈물 번진 자국

비 올 낌새도 없는 밤
강물에 빠진 산 위로
쉼표 하나

젖지 않은 달빛 저으며
떠 가는 실눈

가을 편지

이맘때면 황금빛 이야기 쓰는
나무와 함께 너를 그린다

꽃보다 더 부신 단풍빛
노랑 저고리에 얼룩진
눈물 자국
새신랑 옆 순임이

언제나 내 곁을 맴돌던
나비
이제 노을 진 언덕 물들이며
날아가는구나

긴 장마 뜨거운 볕
온몸에 새긴 채
걸음걸음
옷깃 날리며
눈부신 기억 사무쳐
금싸라기 뿌리며 가는 길

단풍 하나
시집에 끼워
노을 물든 숨결
가을걷이 마당에
내려놓는다

이집트를 떠나며

거기서
나는 그저 한 마리
사막여우로
남고 싶었다

거대한 신전
위대한 왕들과 그 무덤
오천 년 이어온 서술들이
여우의 피부에서
하얗게 빛나는 날

모래바람 부는 언덕에서
다른 새 신전을 기다리는
하얀 여우

나일강의 낙조를 바라보며
긴 울음
붉게 우는

박물관 나들이

화강석 탑 꿋꿋이 서 있는
박물관 뜰
바닥에서 막 솟아오른 듯
늠름한 석상들 머리 없어
궁금해지는 단단한 몸
가늠 안 되어 숨 몰아쉰다

검어진 시간의 이끼 털어내고 닦인
유물, 구운 그릇, 장신구들
지긋이 눈 감은 자세 마주하니
옛 주인 손길 그립다

뜰에 즐비한 석상의 날들 볼 수 없어
허리 곧추세우며 내가 걸어온
발걸음 응시한다
한 발 또 한 발 이어서 온
여기

멀어져 가는 시간의 홍수에 떠밀려
경건한 한 걸음 내딛는다

여행길에

듬성듬성 마른 풀
서리이고 따라오는 들판

버스 안은 노랫가락으로 부풀어
연분홍 치마가 봄바람에
볼 붉히는 할매들

하늘 흐리다 고개 들어보니
눈산 활강하는 젊은이들 사이
새 한 마리
높이 날으려 쉼 몰랐던 날
물고 멀리 날아간다

달빛 없이 하얗게 펼쳐진
봉평 메밀밭 건너
고드름 뒤집어쓴 물레방아
나른한 풍경

허들에 걸려 넘어지던 날에도
반짝이는 고드름의 시간은
얼어 있었다

그 깊은 골짜기 바라보는
오늘 나들이
긴 날개 접어 안는다

남해 작은 섬

그 파란 해안 지우지 못해
길 나섰다

아슬한 바위 언덕 아래
여기저기 솟아나
그리면 만난다는 말이 찍은
점 점…
올망졸망 손짓하네

저녁노을 기다려 고깔 쓴
섬 집에 고운 빛 가득 담기면
기다리는 한 사람 있다고
별에게 말하리

새벽별 쓰러질 때
그리움 한 움큼만 남긴 채
남해 푸른 바닷길 저어 사라진다 해도
꽂진 자리 쓰다듬는 마음
파도에 씻기지 않아

금산 보리암 발치
내 단단한 염원 하나 괴어
먼 데서 달려오는 파도
맨발로 껴안는 작은 섬

매미 허물

여름 저녁 공원
초록 잎새 속 매미 소리 무성하다

나무둥치에 엄지만 한 얼룩
미동 없어 불 비춰본다

갈색빛 반투명 온전한 형상
날개 부비던 숨소리
쏙 빠져나가고
남긴 일기

내 옆에도 있다
여기는 별일 없소
저녁은 드셨소?
검은 사각의 기기에
엎드려 있는 글자 몇 개

뜨겁던 날
무성했던 초록 잎새들
그늘 입고 물드는데
갈색빛 미농지 같은 날개
부비는 소리 멀리 떠난
가을날

붉은 단풍잎에 담은
초록 날의 매미 소리
그린다

창밖에 눈 쌓이고(낭만시대)

그 겨울밤 도화지에 쌓인 눈은 널브러진
생물처럼 골목길에 차였다
새날의 축포를 하얗게 쏟아내는 하늘 아래
키 커 어쩔 줄 모르는 가로등
면사포를 씌우려 안달하는 눈송이들 사이
소리 지르며 춤추는 군중을 끌어안았어

거리의 네온 빛 함박눈과 손잡은 무도회
나는 한 마리 물고기
헤엄치고 있었지

안개에 부푼 열기 업고 설렘 가득한 소음이
우리를 삼켰어
에메랄드빛 유리잔 위로 튀어 오르는
피아노 소리는 사이프러스 향

창밖에 눈은 쌓이고
눈 부릅뜬 붉은 난로 옆
눈꽃보다 빛났던 웃음소리
아직 귓전에 맴돈다

그대 듣는가
사그락 사그락
눈의 옷자락 밟으며
멀어져가는 그날의 강물

흙벽에 기댄 램프가
무거운 눈꺼풀을 견디는 시간
창밖에 눈은 쌓이고

나는 서둘러 멀어져가는
기억의 등을 켠다

혼례 굿

검푸른 애기 청소 앞에 두고
돌 굵은 자갈밭에 올린
하얀 구름 천막

안개에 눌린 산
검게 병풍치고
물에 빠진 처녀
몽달귀신 불러 혼인시킨다고
하얗게 넋 놓은 구경꾼들

꽹과리, 징 소리에
오색 깃발 뱀춤 추며 오르고
어두운 강물 덩달아
뒤척이는 밤

번득이는 칼춤 사이
비집고 오르는 무당의 쇳소리에
떠밀려 집으로 오는 길

바드득 바드득
자갈밭 딛는 소리
꼿꼿이 귀 세워
처녀 귀신 쫓아오나

달도 오그라진
그믐밤
내 머리가 할머니 허리춤에
매달렸던 그때

야자나무에 오른 그

문밖에 우뚝 선 외길
밤새 가닥가닥 채 썬 생각
펼친 날개에 올려 해바라기하는
야자수

국수 줄줄이 널렸던 삼촌네 마당
뽀얀 진줏빛 주름이 파도처럼
일렁이던 날들이 빗살무늬
녹색 옷 입고 손짓한다

해와 바람에게 속살 내어주고
올망졸망 아이 안고지고
사람 좋은 웃음 밤송이머리
손가락 빗질에
잘 익는 국숫발 같던 그

새에게 내어준 한 뼘의 자리도 없다
해와 바람이 짠 성근 달력은
빗물이 흘려보내고 마른 날만 펼쳤다

마당 가득 하얀 깃발 펄럭이는
파고를 넘어 달려온 세상살이 내려놓고
오른 길 높다

해지면 별빛 불러
하늘길 두드리는 날개
날지 못하는 천사 불러 펼치는 날
그의 웃음소리 듣는다

히스꽃 이야기(아일랜드)

너를 떠나며 헝클어진 마음 한 타래
히스꽃 가지에 걸어두었다

초록 들판 위에 드문드문 찍힌 동그란 점
잿빛 하늘 끌어내린 하얀 양들

포구로 종종걸음치는 바다는 줄지어
구름 내려오는 히스꽃 반겨
하얀 거품 밀어 올린다

어느 날 어린양 한 마리
히스꽃 손짓에 홀려
그 덤불에 갇혀 버렸다네

바람이 파도 소리를 데리고 끝까지 흔들 때
그 양이 되새김질한 날은 얼마일까

나 그 옆에서
바닷바람에 여윈 얼굴 내놓고
히스꽃 가시 날 옭아매어
오래된 봇짐처럼
거기 남겨진다 해도 괜찮아

가시 돋은 애틋한 눈빛
노란 히스꽃
그 가시에 찔린 피
가슴에 번져 엉엉
파도 소리 붙잡아 울리라

잿빛 하늘로 치닫는
노란 언덕 아래
파도 거품 하얀
아일랜드여!

개나리 필 무렵

매일 폭죽이 터지는 도시
노란 불꽃이 줄 긋는 거리에서
반딧불이 되어 날아다니던 몸
꿈속에서 가끔 만난다

회색빛 그늘에 묶인 건물 사이로
떠도는 눈은 낯설지 않은 모양새로
고요한 두려움을 쌓고 있었다

어둠을 베고 잠재웠던 창백한 숨
기억이 풀린 동굴을 헤매며
성좌의 이야기 끌어안는다

그 겨울
낯선 도시의 반딧불이 데려와
살얼음이 기지개 켜는 강물에
실어 보내며
나는 꽃보다 먼저 몸살 앓는다

헐벗었을 때

겨울 지난 나뭇가지
잎 피울 자리

새벽 창에 걸린
초승달 앉을 자리

입에 올리기 무거운
나의 시간이
헐벗고 있음을
계절은 눈 감고 있다

허공에 힘줄 드러낸 마른 손
바람에 맡기면
서로 엉키어 바스러지는 날들
시간의 물결에 실려 가도
손가락 끝으로
맥박 푸른 음성 아득히 들린다

헐벗었을 때
가장 빛나는 가지들
촘촘히 허공 잡고 뻗어 오른다

몸이 봄에게

봄이네
몸이 말했다

그래도 봄인데
몸의 시계는 봄을 가리킨다는데
지붕 위 야자수와 뜰 가장자리
수놓고 있는 붉고 노란 꽃은 고개를 젓는다

개나리 피었겠다
고향집 언덕길이 노란 터널이 되는 이맘때
그 길을 한사코 마다하는 몸
내 마음을 주저앉혔던 봄날들

마른 밥풀때기 몇 개 매달린 줄기
치렁치렁 개나리의 현란한 기억
꽃 진 날이 달력에 줄 그은 모양
내 몸에 지문이 남았나

꽃가지 보이지 않는 문신이 언제
속살에 파고들어
그때 놓쳐버린 꽃 여기서 피우려나

건기의 햇빛 따가운 자바의 골짜기
잊었던 봄이 피우는 몸살 앓는다

사막에 그은 줄

140

"팬 플리즈"
날 올려 보는 갈색 눈
손바닥을 접어 글 쓰는 흉내
간절하다

가슴 가운데
줄 하나 그으며 따라오는 황야
태양의 그늘
노랗다

두 팔 벌린 지평선은
모래시계

해 돋고 해지며
쌓아 올린 시간
삼각형 피라미드가 받드는
하늘가

몽당연필에 침 발라 쓰던
소녀
이집트를 떠돌다
모래 먼지 묻은 손 뻗는 아이를 만나
배낭을 뒤진다

피라미드보다 더 무거운
펜 하나

가슴에 줄 하나 더 한
안타까움
모래바람 너머에
지워지지 않을 줄 하나 그어
사막에 묻었다

밤비

제주 우도
모래바람 소리 들린다

칠흑 바다의 등을 쓰다듬으며
잠든 고요의 틈새
길 떠난 새들의 날갯짓
흩어지는 소리

어둠을 비집고 보일 듯
가려진 얼굴들의 속삭임

지난날
생각의 실타래
풀리는 소리
아득하다

뒤란 댓잎
밤 적시며 뒤친다

기억의 문 뒤에서 찾아낸 이미지

- 감각의 수련으로 빚어낸 삶의 서사

김주명(시인)

기억의 문 뒤에서 찾아낸 이미지
- 감각의 수련으로 빚어낸 삶의 서사

김주명(시인)*

1.

올해 초, 김보배 시인에게서 반가운 연락을 받았다. 시 전문 월간지 『심상』에서 2026년 1월호 신인상으로 선정 되었다는 것이다. 반가운 일이다. 서울에서 어떤 시모임에 소속하여 작품을 계속 쓰고 있다는 이야기는 들었지만, 인도네시아와 서울이 주는 거리감만큼이나 안부가 희미 해질 즈음 보내준 소식이라 더욱 놀라웠다. 그리고 그동 안의 시들을 엮어 시집을 낸다고 하니 세월에 녹아든 노 력에 진심으로 축하와 함께 오히려 숙연해지기까지 한다. 하여, 전문적인 문학적 접근보다는 인도네시아 문인협회

*해설을 쓴 김주명 시인은 현재 인도네시아 롬복섬에 거주하고 있으며, 한국문인협회 인도네시아지부 사무국장을 맡고 있다. 2010년 평사리문학대상을 수상하였으며, 시집으로 『인도네시아』, 『바타비아 선』이 있다.

를 통해 알아 온 그동안의 일과, 차를 나누며 듣게 된 시
에 대한 열정들을 소개하고자 한다.

　10여 년 전의 일로 기억된다. 인도네시아 문인협회에
서 문정희 시인을 초대하여 특강을 마치고, 보로부두르
와 족자카르타 등 인도네시아 유적지를 돌아보던 때가
있었다. 행사를 정리하며 뒤풀이 식사 자리에서 문학소녀
의 모습을 여전히 간직한 분이 유독 기억에 남아있다. 그
가 김보배 시인이었고, 그 후 문인협회 모임과 동인지 발
간 등 꾸준히 문인협회에서 활동하다, 코로나 시절, 서울
로 귀국했다고 전해 들었다. 그동안 동인지나 인도네시아
매체에 소개되는 김보배 시인의 시에서 느껴지는 예사롭
지 않은 언어적 감각에 대해서 늘 존경과 부러움을 가졌
고 한국에 올 밀이 있으면, 인사동에서 잠시라도 차와 시
를 나누는 것이 전부였다.
　작년, 인도네시아 문예총에서 기획한 종합 예술제에 문
인협회는 시화전 형식으로 참여하였다. 그때, 전시된 김보
배 시인의 시가 시집『웃자란 후각』의 서시에 자리 잡고
있다, 마치 오래된 고교 동창을 만난 듯 김보배 시인의
시와 삶이 절로 해동되기 시작하였다.

　볕 드는 쪽마루에서
　어머니 무릎 베고

소리 들었지

돌담 두른 개나리 가지마다
조잘조잘
햇병아리 깨어나고
버들강아지 물올라
졸졸 시냇물 따라 피어오르고

뾰족뾰족 입술 내미는 나뭇가지
우습다고 까르르
안개 너머 메아리

온몸이 봄이었던
그때
—「서시」 전문

　　고수의 춤사위는 간결하다. 그리고 자연스럽다. 아내가 대충 버무려 내오는 인도네시아식 나물무침 또한 그렇고 세계인을 감동하게 하는 선율 또한 단조롭다. "온몸이 봄이었던" 김보배 시인 또한 그러하다. "볕 드는 쪽마루에서/ 어머니 무릎 베고/소리 들었지" 어떤 소리였을까? 개나리 가지마다 조잘거리고, 햇병아리 깨어나고, 시냇물이 졸졸, 뾰족뾰족 입술 내미는 나뭇가지가 까르르.

마치, 온몸이 봄이라는 자세로 생을 대한 시인에게만 들리는 특별한 소리일까? 시집 속의 시편들이 자못 궁금해지는 대목이다.

2.
　감각과 이미지가 시에서 어떻게 만나고 언어로 어떻게 녹아드는지 인용 시「내 가여운 눈」을 통해 살펴보자

　　이제부터
　　많이 보려고 노력하지 않는다

　　눈물이 구름처럼
　　수정체에 맺혔다 떠나도
　　육신은 어디쯤에
　　흔적을 남기고 싶어 해

　　더 잘 보려고 애쓰지 말기
　　어차피 다 볼 수 없는 세상
　　한쪽은 명료의 그림자에 갇혔다

　　지금껏 보아왔던 많은 것을
　　쌓은 창고는

기억의 문 뒤에 있다는 것
잊지 말기

어둠에서 꺼낸 빛은
우물의 얼굴
들여다보아도
공간의 길이 멀어
내 흐린 왼눈의 내면이다
　—「내 가여운 눈」 전문

　김보배 시인은 시간의 흐름을 매우 구체적인 신체 감각
으로 포착한다. 인용 시 「내 가여운 눈」에서는 시력이 흐
려지는 경험을 통해 '다 볼 수 없는 세상'을 받아들이는
태도가 드러나 있다. 여기서 주목할 점은, "기억의 문 뒤
에 있다는 것". 표제어로도 뽑았지만, 일상적 언어의 배치
를 멀리하고 시인만의 특별한 언어 조합으로 끌어냈다.
기억에도 문이 있을까? 문이 있다면 아마도 보물창고처
럼 무수한 보물들이 쌓여있지 않을까? 그래서 김보배 시
인의 시어에는 기억으로 완성된 장면과 언어로 풀어내는
생경한 서사가 있다. 녹말가루처럼 우리의 입에서 느껴지
는 앙금 같은 이미지로 다가오고 있다. 그래서일까? 시집
『웃자란 후각』에 수록된 시들을 읽다 보면, 잘 읽히다가
도 가끔 뚝뚝 끊어지는 대목들이 자주 보인다. 이는 김보

배 시인이 보여주는 특별한 조어법 때문일 것이다.

「지구의 한쪽」에서 철근 구조물과 늙은 아버지를 겹쳐 보는 장면에서도 "서로 껴안은 모습은 사랑이다"라고 한다. 개인의 노화와 세계의 변화가 서로 맞물려 있음을 암시하면서도 사랑으로 극복하고자 한다. 시간은 파괴적이지만 동시에 존재를 깊게 만드는 힘으로 그려진다.

「쓰러지는 것들」에서는 빠진 이와 늙어가는 부모를 겹쳐 보며 상실을 성찰한다. 하지만 상실감을 단순한 슬픔으로만 그리지 않고, "새 앞니에는/ 그리움 한 조각도/ 끼워 넣었습니다"처럼 그것을 이해하고 끌어안으려는 삶의 모습이 시에 녹아있다. 한 편 더 살펴보자. 인용 시 「암중모색」에서는 그 과정까지 잘 그려져 있다.

어스름에 날아오르는
꿩 울음소리

바위에 박힌
한때 별이었던 수정
태풍에 쓰러진 둥치에 기대어
반짝인다

숲에는 주소가 없어

도돌이표는 길 위에 깨어 있다

송화 향에 스며든
지난 삶의 무게
가슴에 그늘을 내린
미래의 지표

태풍에 길은 멈춰 있고
하늘은 꿩 울음에 열리고
풍화하는 시간
삭은 숲

도돌이표 앞에 선
한 사람
　　―「암중모색」 전문

　　깜깜한 공간에서 감각만으로 무언가를 찾는 것이 '암
중모색'이다. 대체 시인은 무엇을 찾고 있을까? 시의 주
무대는 번지가 없는 숲이다. 이 숲에서 시인이 포착한 것
이 "바위에 박힌/ 한때 별이었던 수정"이다. 그리고 또 조
우하게 되는 것이 "지난 삶의 무게/ 가슴에 그늘을 내린/
미래의 지표"이지만 시는 여기에서 그치지 않는다. "도돌
이표 앞에 선/ 한 사람"을 찾기 위한 그것이라고 마무리

짓는다. 앞에서 인용한 시편에서는 삶을 이해하고 끌어안으려는 모습을 시에 녹여냈다면, 「암중모색」에서 보여주는 장면은 한발 더 나아가 '삶은 도돌이표'라는 화두를 독자에게 던지고 있다. 순환을 이야기하는 철학도, 윤회를 설파하는 종교적 교리보다 더 강렬한 직관의 언어, 그것이 김보배 시인의 시의 맛이다.

경주마의 가린 눈으로
오로지 앞으로 달린 시간

초침의 불규칙한 소리
신호등 깜박이는 길 간다

보통의 속도
일상의 소리는
지난 간이역에

가랑잎 흩어진 거리
가지 마른 이야기 넘실대고
박자 어긋난 노래 짚으며
길 간다

갓 구워나온

도자깃빛
부시던 육신의 덫 건너
다시 새날

멀어져가는 젊은 날
발자국 되새기며
고개 들어
한 발 내딛는다
―「다시 한 발」 전문

　삶은 '도돌이표'라는 시인의 직관을 다시 전하는 시가
있다. 인용 시 「다시 한 발」에서는 우리네 삶을 "갓 구워
나온/ 도자깃빛/ 부시던 육신의 덫 건너"서야 보이는 것
이 "다시 새날"이라고 한다. 받아들이기가 쉽지 않다. 사
람들은 대게 삶의 절정을 자랑하고 간직하고 싶어 하기
마련이다. 하지만 김보배 시인이 바라보는 삶의 궤적은
이와 사뭇 다르다. 내 삶의 절정조차 부인하며, 자신을
살피는 구도자의 모습도 설핏 보인다. 육신의 덫을 건너
는 삶이야말로 실로 장엄하다.

　3.
　시집 전반에 봄의 기운이 가득하다. 봄의 기운이 원근

감 있게 잘 표현된 시를 골랐다.

봄이네
몸이 말했다

그래도 봄인데
몸의 시계는 봄을 가리킨다는데
지붕 위 야자수와 뜰 가장자리
수놓고 있는 붉고 노란 꽃은 고개를 젓는다

개나리 피었겠다
고향집 언덕길이 노란 터널이 되는 이맘때
그 길을 한사코 마다하는 몸
내 마음을 주저앉혔던 봄날들

마른 밥풀때기 몇 개 매달린 줄기
치렁치렁 개나리의 현란한 기억
꽃 진 날이 달력에 줄 그은 모양
내 몸에 지문이 남았나

꽃가지 보이지 않는 문신이 언제
속살에 파고들어
그때 놓쳐버린 꽃 여기서 피우려나

건기의 햇빛 따가운 자바의 골짜기
잊었던 봄이 피우는 몸살 앓는다
—「몸이 봄에게」 전문

　여기 하나의 장면에 또 하나의 장면이 더해지는, 오버랩되는 봄이 있다. "건기의 햇빛 따가운 자바의 골짜기"에서 "잊었던 봄이 피우는 몸살 앓는" 시인이 있다. 건기와 우기라는 여섯 달 만에 바뀌는 계절은 지난 계절을 아주 잊게 하지만, 우리 몸은 봄을 또렷이 기억하고 있다. 그리고 고향의 봄까지 데리고 온다. "마른 밥풀때기 몇 개 매달린 줄기/ 치렁치렁 개나리의 현란한 기억/ 꽃 진 날이 달력에 줄 그은 모양/ 내 몸에 지문"으로 남아있다고 봄을 노래하고 있다. 그래서일까? 김보배 시인에게서는 자신이 이미 봄이라고 고백했지만, 여전히 기억의 봄을 기다리는 시인의 마음이 전해진다.

　어느 해인가, 인사동 찻집에서 차와 함께 시의 담론을 이어갔다. 서울에 체류 중인 여러 회원과 함께한 자리에서 감각적 이미지에 대해 직접 물었던 기억이 난다. 굳이 '낯설게 보기'라는 문학적 용어를 동원하지 않더라도 김보배 시인의 시에는 자연스레 낯설게 보기가 베여있는데, 어떤 의도가 있는가의 문제였다. 답은 단호했다. 그냥 순간에서 나온 직관의 세계라는 것이다. 어찌 창작이 말로

다 설명될 수 있을까? 당연한 답변이고 어리석은 질문이
었음을.

뜨겁게 일구었던 여름
긴 숨 몰아쉴 때

가지치기에 물러난 곁가지들
초록 잎새 입에 문
멀쩡한 나무 얼기설기
손수레에 누웠다

마른 햇빛
어리둥절한 거리
훅 날아온 비릿한 내음

바닥에 잠겼던 후각
지나던 바람이 한 가닥 집어 올렸다

무성했던 초록의 날 아쉬워
엄마 품 파고드는 작은 짐승
싱그러운 비린내에
코 박는다

더위에 웃자란 후각의 곁가지
　　—「웃자란 후각」 전문

　제목에서부터 갸우뚱하게 된다. 웃자란 후각? 어떻게 후각이 웃자랄 수 있을까? 아마도 초봄, 고국의 들판에서는 웃자란 가지들을 쳐내고 있을 것이다. 이때 "가지치기에 물러난 곁가지들"이 초록 잎새를 피우는 장면에서 시가 전개된다. 그리하여 "그 싱그러운 비린내"가 아직 생생한데, "더위에 웃자란 후각의 곁가지 자르며" 시를 마무리하고 있다. 우리네 삶에도 그다지 많은 감각이 필요하지 않다는 듯.

　4.

　시집『웃자란 후각』은 개인적 기억을 출발점으로 삼아 가족, 시간, 자연, 존재의 문제를 섬세하게 탐구하는 시집이다. 시인은 감각적 언어를 통해 삶의 흔적들을 하나씩 불러내며, 지나간 시간 속에서도 여전히 살아 숨 쉬는 정서를 복원한다. 이 시집에서 기억은 단순한 회상이 아니라 현재를 이해하고 미래를 견디게 하는 힘으로 작동한다.

　결국 김보배의 시 세계는 "사라지는 것들 속에서 의미를 발견하려는 노력"이라 할 수 있다. 삶의 기쁨과 슬픔,

상실과 회복을 조용한 목소리로 노래하는 이 시집은 독자로하여금 자신의 기억을 돌아보게 하며, 시간 속에서 여전히 따뜻하게 남아있는 감정의 결을 느끼게 한다. 향기처럼 은은하게 남는 이 시집은 삶의 여정을 함께 걸어가는 동반자로서 의미를 지닌다.

시집 전반에는 죽음과 이별의 정서가 스며 있지만, 궁극적으로는 삶을 긍정하려는 김보배 시인만의 태도가 드러난다. 「다시 한 발」에서 화자는 지나간 시간을 "부시던 육신의 덫 건너/ 다시 새날"로 노래하며, 앞으로 나아가려는 의지를 다지고 있다. 그리고 시인은 마치「새해 인사」처럼 새 시집을 우리 앞에 펼쳐 보인다.

구름 저어 눈비 내리듯
강물 밀어 시원에 이르듯
바람 일어 꽃잎 피워
시간의 푸른 부리
어둠을 도와
굳은 알 깨어
새 빛으로 돋을지니
—「새해 인사」에서 인용

특히 「냉기에 얼어붙은 유언」에서는 "빗속에 밤새운 늙은 나무/ 기억의 무게에 눌린 낙엽/ 흥건히 젖었다"로 인간의 마지막 순간을 통해 삶의 무게를 직시하면서도, 그 기록 행위 자체가 기억을 이어가는 의미 있는 행위로 제시된다. 이는 상실을 단순한 끝이 아니라 관계의 지속으로 바라보는 김보배 시인의 특별한 시각을 보여준다.

고국에 살다 해외살이하는 이에게서는 떠날 때의 감성이 그대로 남아 전해진다고 많은 평론가가 말한다. 김보배 시인도 젊은 시절, 디자인을 공부하러 혈혈단신 미국의 LA로, 다시 뉴욕으로 떠났다. 그렇게 떠난 고국을 베트남, 인도네시아를 돌아 이제 다시금 고국에서 시를 통해 귀국 신화를 써 내려가고 있다. 세월도 변했고 강산도 변했지만, 시인이 품고 있는 시성詩性만큼은 떠날 때 품었던 그대로이다. 문학의 열정이 지구를 한 바퀴 돌아 이제야 왔다.

웃자란 후각

김보배 지음

발행처　도서출판 청어

발행인　이영철

영업　이동호

홍보　천성래

기획　육재섭

편집　이설빈

디자인　이수빈 | 구유림

인쇄　정우인쇄

등록　1999년 5월 3일

（제321-3210000251001999000063호）

1판 1쇄 발행　2026년 4월 10일

주소　서울특별시 서초구 남부순환로 364길 8-15 동일빌딩 2층

대표전화　02-586-0477

팩시밀리　0303-0942-0478

홈페이지　www.chungeobook.com

E-mail　ppi20@hanmail.net

ISBN　979-11-6855-443-6(03810)